句集

湛ふるもの

五味真穂

朔出版

序

句歴三十年。しかも若い。早く大学時代から作者五味真穂は東明雅門下生として連句をはじめていた。たしか、私の記憶には大学四年の卒業謝恩パーティーの帰りに明雅先生と別れ、タクシーに同乗し送って行ったことがある。父上が義務教育関係の重要なポストに就かれていて、一緒に住んでおられたか、比較的居住地が我が家に近かったのではなかったか。

率直なところ、日々の研鑽を積み、これほどの作者になろうとは思わなかったのである。これは心からの賛辞である。学生時代の同期には優秀な俳句の作り手が多かった。大方は途中で脱落、その中で一番目立たない、地味な、しかし、ひたむきな作者が、ある時からじわりじわりと力をつけてくる。これは秘かな驚きであった。多分、句歴二十年過ぎたあたりから句集に纏めたらどうかといい続けてきた。纏める機会が遅れれば遅れるほど、初期の初々しい作品が落とされてしまう。句集を纏めた経験者はみな実感することであるが、いつも最近詠がインパクト強く、若書きは本人の篩からは落とされてしまうものだ。ところが意外に第三者の目は異なるのである。

前置きはこれくらいに。

真穂句集は粒揃い。どの句も写生の眼が効き物象化が手堅い。作者の描きたい意図が理解できる。気持に揺れがない。高校の優秀な国語教師としての表現力を身に付けており、いうならば非の打ちどころがない。

「岳」では諏訪地域を中心とした大きな俳句会のまとめ役を務めて貰っている。この度の三十年間の句を改めて見直して、私の気持がぐらっと動いたのは意外な句である。

早春の岩に囲まれゐる不安

人間をはづれてゆきぬ大枯野

霜折や獣のにほひふいに吾に

我が息と気づける音やみどりの夜

宙に闇あり蟋蟀の貌出す孔

これらは堂々たる現代の俳句として現代人の秘めた心にどかんとぶつかって来る。私がともに模索する骨太な俳句として推奨したい作品だ。

一言でいうと、どの句も不安を捉えている。明るい未来志向の句ではない。普段の付き合いではてきぱきと明るく振る舞う作者からは気付かないナイーブな内面が作品からは伝わり感動する。

どこからともなく忍び寄り、たちまち全世界を恐怖に陥れた新型コロナウイルス禍のように、親密な友人知人がときに敵に変る。ものはいつ凶器と化すとも知れない。人が築いた社会はともかく、自然までも人間に襲いかかる。度重なる大震災の災害に続く不安は、これからの俳人が最重要な課題として捉えていかなければならないことを教えてくれる。

竹節虫《ななふし》や山より低く軍用機

基地から飛び立った軍用機の低空飛行により脅かされる不安は、社会問題が背景にあるだけに、不安の出処は比較的にわかりやすい。しかし、日常の普段気に留めない自然が不意に気になり不安になる。

例えば、早春の岩に囲まれている。なぜそれが不安なのか。抽象句とも読めるが、具象として想像するならば、作者の居住地八ケ岳の１０００メートル辺には浅間山の鬼押し出しの溶岩ほどではなくとも、八ケ岳の胎動の時に飛んで来た溶岩の大岩などがどんと据わっている光景があろう。冬を越え春先、芽吹きや囀りの時期に寡黙な大岩に取り囲まれた気分は閉塞感がある。さりげない気分を不安と捉えたところが鋭い。

冬のさなか、人と会う。別れて行く先は大枯野。ひと気などない冷たい原野。茫漠と身に迫る不安にさいなまれる。現代に生きるとは、うようよ人が犇めいていても殺伐たる都会暮らしなどからは人間の温みを感じさせない「大枯野」へと連想が拡がる。

霜折とは強霜が降りた日の曇った天候をいう。寒気のために陽気が折れてしまい、昼頃まで曇天がつづく。われは獣。我が身がけもの臭かった。着ぶくれている姿ではなく、尖石や井戸尻など縄文遺跡を作者が身近にしていることから、原始の自然へ戻った驚きを表現したものか。どこかに不安な思いがある。

宙に闇が満ちる夜中に、部屋の隅辺りなのか、孔から蟋蟀が貌を出す。これは真穂俳句の傑作。不安といわないで不安が具象化されている。蟋蟀も住人も秋の夜に親しく同化してなどと、アニミズムというものではない。人間が劣化し、自然に攻められつつある。「宙に闇あり」が不安を掻き立てる。

ところで、これは紛れもなく五味真穂だという賢明な等身大の句をあげる。

枯山の湛ふるものを身の内に

さすがに俳句歴が昇華されている。青春が過ぎた感慨だろうか。生気を沈めた冬枯れの山が身を投げ出すように作者に提供するすべてのものを素直に受け入れようと胸襟をひらく。不安はない。心中の充実感がある。句中「湛ふるもの」は句集名にもなる。

わが棲むは八《や》ケ《つ》岳の踝《くるぶし》冬来たる

幾分の卑下もあろうが、いまや冠雪の八ケ岳を背に、あるいは仰ぎながら暮らす日常は贅沢そのもの。山麓に住む表現に、例えば「浅間根腰」とのいい方はあるが、「八ケ岳の踝」は珍しい。珍しいだけではなく、先掲の「枯山の湛ふるもの」の句を重ねることで、作者自身の生き方に自信のようなものを感じる。

同じように私が見た五味真穂の手応えある句をあげておこう。

こがね虫闇は木立の形して
月光を蓄へて吾は草一本
水鳥についと触れたる鳥心地
葭切や吾をからつぽにする時間

磯巾着地に戦ひの途切れざる

三十年にわたる俳句歴は「好奇心」がたまもの。作者は生き物好き。みどり亀を飼い、犬や猫ばかりでなく、こがね虫や葭切や磯巾着などが好きだという。八ケ岳山麓、踝あたり、お子さんが出られた後、ご主人と二人居住する地が諏訪郡富士見町字乙事《おっこと》という。字名におかしみがある。いよいよ好奇心を掻き立てる地らしい。

宮坂静生

二〇二〇年五月

湛ふるもの　目次

装丁　奥村靫正
装画　山田開生
（ともにＴＳＴＪ）

句集　湛ふるもの

Ⅰ

山鳴り

昭和六十三年〜平成十一年

五十六句

昭和六十三年〜平成四年

賀状来るパラオの海も空も蒼

嵐山真正面なり寒卵

寒雀むかしは道のやはらかき

朔風や藁一本を噛む兎

紺碧の中に鳴りたる冬木立

雪降るや二日越しなる喉の刺

トナカイをくださいな聖樹飾り了ふ

平成五年

霾天や極彩色に僧の袈裟

天空を風の鳴りゆく山桜

筍を煮るひとときの翳りゆく

灯を消して夜鷹の闇の中にをり

車椅子夏の波音聴きゐたる

烏瓜童話の頁古びゆく

山鳴りの一日高し大根干す

平成六年

音たてて水飲む兎冬夕焼

目前を機動隊過ぐ冬木立

松風の吹き募るなり猫の恋

春祭換気扇より風入り来

見ゆる星見えざる星やましら酒

トラックの幌に隙間や紅葉狩

立冬や岩起こしゐるショベルカー

倒されし幹に数字や百千鳥

平成七年

泡立てて指輪の緩し夜鷹鳴く

塑像には白き肉体初嵐

クレーンの天へ掛かるや穂の芒

蟷螂に暁の色至りけり

竜胆や昔上がりし狼煙の秀

水滴を吹きて落しぬ渡り鳥

大空は磨かれしごと種を採る

垂直な護謨の新芽やクリスマス

平成八年

銀紙に包む洋菓子枯木晴

寒暁や兎ことりと音たつる

水筒を逆さまに干す雀の巣

父の日や畝より上る水蒸気

木枯やジャムふつふつと透きとほる

平成九年

七草やむささびの洞空を向き

雪原に沸かす珈琲鳥あそぶ

ひたぶるに少女のアルト芽吹く日よ

春鹿となる木の霊のかたはらに

彗星の見ゆる昴り木の芽漬

こがね虫闇は木立の形して

梟の特大巣箱夏休

枯山の湛ふるものを身の内に

冬星や兎の息のあたたかし

平成十年

鳶の輪を掲げて春の車椅子

水からくり群鳥空を暗うせり

竹を伐る音大空の鼓動とも

太陽の子となる夢を枯蟷螂

平成十一年

ゆつくりと生きよ三日の茜雲

山風をまとへる飾取りにけり

ひなげしや空港に飲むカプチーノ

青嶺はるか吾子住む国の海凪ぐか

群青の八ケ嶺近し書を曝す

馬の名は太陽といふ黍嵐

Peace on Earth の文字や榾火燃ゆ

ひろやかに湖水暮れたり飾売

Ⅱ　吾は草一本

平成十二年～平成十五年

五十一句

平成十二年

三日青天東京湾の水たわむ

哺乳類爬虫類ゐて夏座敷

草刈れる油の匂ひ夕暮は

避暑名残白毛の狸疵もたず

狼槍《おほかみやり》かぐろき光もて冷ゆる

蕎麦刈るやかうかうと日の荒びたる

デボン紀の水に棲む魚冬初め

平成十三年

をみなごに贔屓の仏春の雪

忌に居りて仏知らざり鳥曇

石鹸のなじまぬ軍手桜時

晩夏なり子供の国に住む鸚鵡

繚乱と盆花男らの採り来

青空は泉の深さむかご飯

この星に稲掛けてゆく愉しさよ

籾乾く静かに時の生まれけり

わが棲むは八ケ《やつ》岳の踝《くるぶし》冬来たる

イヤリング落せば山の枯るる音

自由なり落葉松の杜枯れつくす

マスクして鳥の世界にゐる心地

折鶴に吹きこむ命去年今年

平成十四年

中央に藁馬しやんと針供養

いつせいに畦の焼かれて甲斐信濃

鳥の恋即身仏の居りし穴

花時や皿に置きたる深海魚

筍の掘られて穴にはつかな音

南国に漆黒の夜守宮生る

黒檀の白き花々関羽祭

虫干の獅子へなへなと笑ひをり

瓜漬や日暮はいつも火の匂ひ

休暇明樹の洞に木の生えたるよ

唐辛子プロメテウスは火を盗み
靴磨く愛といふこと鵙の夕

一歩一歩泉へ近し末枯るる

老人の炎やはらか年用意

搗きあがる餅空の色孕みたる

冬の星火の粉に男育ちける

平成十五年

卒業や蜜蠟の炎の揺れかすか

春空を逆さまにして蜘蛛の擬死

磯巾着地に戦ひの途切れざる

独活を掻く切り口は地の静けさよ

星祭火の国のもの食ぶるなり

夏山を下り白髯の夫となり

蛇のかくやはらかし葬れる

月光を蓄へて吾は草一本

種採りの頭の中のほかほかす

古代米沈黙を穂に満たしけり

菊枕大きな星が胸の中

まとひゐる闇の軽さや大根引く

人参の太りすぎ空遠ざかる

きしきしと空の暮るるや葱畑

切干の身を削ぎきつて透けにけり

III

竹節虫

平成十六年〜平成十八年

六十句

平成十六年

馬場始森の真中に降るひかり

剪定枝古墳のごとく積まれけり

包丁の研ぎ加減みる鳥の恋

山椒魚ハーブの枕して眠る

星祭土竜は白き掌をひらき

ナイル川料理作りて休暇果つ

初嵐猫の薬のたまりたる

秋日和亀の体重増ゆるなり

藁塚や太陽の欠け始むるか

青空の零せるごとく鹿の糞

初霜や疵ひとつなく鼠死す

家といふ函冬星の宙のなか

平成十七年

寒雀地球はすこしづつぬくし

針供養木々の寝息の淡くなり

ハート形背にもつ猫やひこばゆる
まとふものなし鉄塔も末黒野も

桜東風炭もて蒸らす甘きもの

菠薐草食べ五月よ木を伐りに

動きづめの一日終るアマリリス

托卵の話や梅雨の美容室

内蒙古　四句

祀られて山羊の頭乾ぶ青草原

ぐつぐつと煮らるる亀や夏の夕

青胡桃仏陀は軽きものまとひ

胃の腑へと大陸の酒夏灯

梯子上る一段ごとに山の秋

木の実晴仰向けば貌消ゆるごと

宙に闇ぁり蟋蟀の貌出す孔

猿梨の猿のものなる実を食ぶ

人間が傍らを過ぐ煙茸

竹節虫《ななふし》や山より低く軍用機

ダライ・ラマに亡命の日々蓮の実

霜柱けもののごとき伸びをする

平成十八年

群竹にをどる光や初暦

水平は鳥の世界よ賀状来る

重心を傾け星の凍つるなり

冬青空人はふたたび尾を持たず

水鳥に加はつてゐるこの不思議

冬鳥や明るき方へ山の径

魚祭るとふ獺の魚かじる
門口の暗きをくぐり雛の世

吊るし雛はるかなる世のさんざめく

靄の中青しよ地虫穴を出づ

恵林寺のそここに夢呼子鳥

餺《はう》飥《たう》や大山蓮華開きをり

縦書に目玉慣れをり梅雨穂草

木下闇深きに蛇を埋めにけり

空港や音を持たざる七夕竹

秋の声柱なき家に住みゐたり

湯を出でて耳の聡しよ稲の秋

火を噴きし頂にをり水の秋

小鳥来るなり少年の名はパウロ

吾亦紅頭上に空のある仕事

落霜紅猫の診察までの刻

蟷螂へ最後の日射惜しみなし

末枯や時合はせゐる電波時計

日の短なり牧場の少年へ

初時雨指に棘の火のごとし

蒟蒻芋武骨な貌を並べたる

冬木立ライオンは眼を合はさざる

空港に据ゑられクリスマスツリー

Ⅳ 寒天干す

平成十九年〜平成二十一年

七十二句

平成十九年

来し方や胸に入りくる冬の星

カンガルーの干肉を噛む冬の雲

寒天《てん》干すや音をひそむる雑木山
しづしづと寒天の干し上がるなり

受験子の月の円かを言ひにけり

末黒野の空を支へてをりにけり

保津川の風の押し来る桜漬

熊の子を抱きゐて阿蘇や桜東風

三椏や阿蘇の寝釈迦の裾歩く

鶯や引越しの荷の中に覚む

猫呼べば猫の声する蕗畑

婚決まる幹の色もて雨蛙

銀竜草地中の光曳き出づる

虫干の獅子のもの言ふごときかな

早世のマリア・カラスや日の盛
海百合の石となりたる涼しさよ

抜け穴のやうな青空茄子の馬

落蟬を胸にとまらせ山深し

水澄める夜を灯して友のこと

平成二十年

シャンパンの泡の勢ひや初昔

氷上の群鳥に降る日の粒子

水鳥についと触れたる鳥心地

身の内に動物のこゑ山枯るる

寒木の幹に点滴京都御所

冬茜ばつたが原が御所の中

人間のにほひが少し斑雪

ソプラノの挽歌響けば牡丹雪

新しき餌箱を吊る春北風

今といふ刹那が紅梅の中に

ずぶ濡れの鼠死にをり桜咲く

明日は婚花の木の芽が空の下
花の木の芽や三キロのテディーベア

植田かくをさなし空の迫りをり

父の日や相寄るものに空と地と

小望月山より夫の戻りたる

椎の実やライオン歩みつつ吼ゆる

雪豹の紛るる釣瓶落としかな

モトクロス見て秋の蚊に刺されけり

烏瓜雀瓜旅みやげなる
山中を睥睨し紅天狗茸

富士山の半身の見ゆ百匁柿

地上絵のごとく刈田の日暮れけり

平成二十一年

初山河羊三匹連れゐたる

冬木立返却口に本あふれ

枯蓮や水の奥なる古生物

音絶えて冬の泉の水かげろふ

粘つこき寄生木の実噛めり春浅し

芽吹前ルオーのイエスやや歪み

下萌や詫びねばならぬこと不意に

ききこきこと使ふ鋸蝶生まる

芽萱草食べ身体の軽くあり
春の鹿天鵞絨の角もて佇てる

アイロンの熱の匂ひや新樹の夜

萱草の花山羊の乳やぶれさう

新緑に染まりたる身や湯の熱し

顔にぶつかる雀五月晴

梅雨の薔薇友の絶望測りえず

山ひとつ雨空に浮きほととぎす

明易し仔を捕られたる鳥叫ぶ

家並抜けぶつかる山や夏休

産近し煮込みてゐたる茄子蕃茄

秋の麒麟草雑念を捨てにゆく

今生の静けさ秋の蛾の番ふ

蟷螂の翅を捩りて闘へる

栴檀の実の弾力を身の内に

孫　泰佑

赤ん坊に男のにほひ朝の霜

まろぶ猫十一月の草立てる

人参を洗へばふいに川の鳴る

冬至湯の赤子をゆたに眠らする

トカラ山羊撫づ極月の日の眩し

霞降るストラディヴァリウスの音色
山茶花や日暮は過去へ行くごとし

Ⅴ

早春の岩

平成二十二年〜平成二十四年

六十二句

平成二十二年

初雀径ふくらかに延びゐたり

若水汲む手足に影の生まれけり

まづ炭火持て来る朝の美容室

寒鮒の頭を打つ暗き音をもて

鉱物のごと寒鮒の鱗削ぐ

身のどこか魚臭しよ枯木晴

冬の星猫にいまノンレム睡眠

黄水仙すこし痩せたる山の佇つ

牡丹雪頭を上げて鹿死せる

二階まで竹のざわめき雛祭

夕風に混れる砂や春祭

水を搏つ羽音の激し芽吹前

指先に粘る木の香や鳥曇

巣立子へ親鳥のこゑ絶え間なし

猪独活の花噴煙のやうな雲

山上に冷たき空や天道虫

灯取蛾の朝の水を吸ひゐたる
水吸へる口しかと伸び灯取蛾よ

真直ぐに入らぬ釘や鱗雲

柿の秋土竜に眼見つからず

秋耕の畝まろやかやや空の際

平城京趾秋草のひかり溜め

霜降やそろと接ぎたる茶器の口

クリスマス梟の羽てのひらに

犬鷲の羽毛は空の綿のごと

平成二十三年

初春の一本の樹に宙の音

猫の眼の翡翠色や雪催

横顔の良き猫バレンタインデー

伐られたる木の香の高し義仲忌

ビキニ忌や潮の高きにゆりかもめ

早春の岩に囲まれゐる不安

春の猪花びら形の蹄もて

レクイエム椛の触るる春の空

五十年目の再会や洗鯉

作り滝東京に宵始まりぬ

夏蕨望遠鏡のどこかに声

舌を焼くチーズフォンデュや夏嵐

甚平の父と子に空深きかな

田村草今虫攻めとなりゐたる

蜜蠟を練るひとときの秋思かな

猪垣へ集まり来たる山の音

中空を宥め落葉松枯れにけり

霧氷林地に遙かなる音をもて
蹄鉄を魔除としたり十二月

平成二十四年

初山河薪挽く音ひびきたる

一月の庭に撒きたる古き米

寒中の音なき墓へ来たりけり

凍返る木のごとく木にゐる男

お涅槃やひんやりとして猫の耳

雪形やゆつくりと木の運ばるる

ぷによぷによの木耳舌に木の根明く
ラフマニノフ春のゆふべは灯さず

我が息と気づける音やみどりの夜

マラソンのやうな一日花卯木

孫 貴宏

柿の花泣くとき赤子土偶貌

作務衣着て男焦げたるほど日焼

青棗振り向くことの似合はざる
諸の蔓引くたび水を掻く心地

十一月鳥の降らすは木の微塵

年歩む木の守りなる鵟《のすり》の巣

猿逃ぐる年の梢の撓ひたり

大年の鳥は天へ鳴きにけり

VI

やはらかき腸

平成二十五年〜平成三十一年

八十九句

平成二十五年

地下六百坑道春を灯しけり

日永しオオナマケモノ滅びしよ

桜の夜太くなりたる薬指

桜咲き記憶の崩れ易きかな

初蝶へ地熱かすかに上りけり

病む父の言ふ巣作りの雀のこと

桜隠し地球に凸凹のすこし

落葉松の一本を統べ鷹巣ぐむ

鷹の巣にはるかな大地ありにけり

花栗の土に触るれば匂はざる

噴水の暮れて伐折羅の踊かな

がまずみの酸つぱし空の近きまで

秋深しぶあんぶあんとコントラバス

男らののぞき鹿肉燻さるる

鹿肉の燻製を噛む望の月

冬の日や追ひ縋るごと木の捩れ

水琴窟地の中にある大枯野

歳月のかそかな音を冬泉

平成二十六年

人の日や雀の吾を待ちゐたる

あまめはぎ闇の始めの一つ星

鹿食免竹折れて空広ごれり

大声に雲を呼ぶ子や初桜

祝凧踊れる空やみどり差す
わが胸に飛魚旅の了りけり

かはほりや風穴の岩一歩づつ

人間を呑み込み洞穴の夏よ

ひつそりと水飲む猫や終戦日

敬老の日や猫たちの鬼ごつこ

鹿肉のしよつぱし鹿に遇ひたる日

強霜や影となりたる吾は巨人

十一月炎に炎生まれたる

平成二十七年

赤啄木鳥のふはりと翔くる初景色

冬ぅぐひす鉛筆削るにも力

玻璃内の吾が貌遠し桜の夜

竹炭のスープ泡立つ春落葉

梅雨穂草走りゐる児の少年に

青嵐五指のこはばり揉みゐたり

縄文の男根に触れ秋澄めり

防災の日や鳥たちの潜みをり

秋の蛾の腹より卵あふるる死

竹節虫や万物かぎりなく澄める

竹節虫にやはらかき腸《わた》あるらしき

平成二十八年

初松籟まぼろしの狼の居り

孫　早紀

羽子板や大空あれば子の育つ

獺の祭や古本のにほふ

鵟鳴く祭を待てる御柱

大海鞘の窮屈さうに売られけり

鉄塔へのぼる漣田水張る

水打ちて大空の端にゐたりけり

八月へ佇む鹿の知己のごと

青なつめ足袋を濡らして踊りけり

大空に風の強まる蟷螂の死

いのちなが蝦蔓の実の星めける

風に干す父の形見の冬帽子

猫は手を使ひ始むる年用意

平成二十九年

湖の底よりどんど生まれけり

立春や鹿の皮より油垂れ

獣にも喪失感や風光る

木槲《きささげ》に大き黙ありて雪の果

甘きものばかり食ぶる日霾晦

木障伐《こさぎり》の亡き魂を探すごと

金漆《こしあぶら》芽を張り湖の夜明け

もう父の歩むことなし花林檎

少年の息の先なる瑠璃《るり》蜆蝶《しじみ》

葭切や吾をからつぽにする時間

蛇を放つやどこまでも大地

亡きもののにほひがふいに夏深し

盆の入牛の頭骨の出で来たる

人間をはづれてゆきぬ大枯野

あたたかき血のかよひゐし革衣

マスク取るたつたの今といふ昔

天国へ届けやりたし干蒲団

平成三十年

晴々と枝張る木々や御神渡り

爪に塗る熊の脂や笹起きる

海抜千男耕しゐて小さし

鯛の鯛苗代寒となりにけり

八朔や独逸唐檜の実が真上

少年に分厚き眼鏡秋の山

吊橋を越ゆれば異界今年米

霜折や獣のにほひふいに吾に

吊橋の真ん中ぬくし年歩む

平成三十一年

餅花や夜空は何もかも容る

笹起きにけり皮蛋《ピータン》の黒びかり

春の土飛ばす雀や宙に翳

逆襲を秘むる無数の螢烏賊

野蒜引く平凡といふ大仕事

蚕豆を飯に平成惜しみけり

冬眠の亀目覚むれば令和の世

梟の埋葬五月来たりけり

湛ふるもの　畢
（三百九十句）

あとがき

昭和の終ろうとする六十三年、「岳」俳句会に入会しました。爾来三十年という平成の時代が、私の俳句の歩みであったことに改めて感慨を覚えています。夫の転勤に伴い長野県内を動きました。一つの県とはいえ、それぞれの土地には人の特徴、自然の貌の違いがあり、新しい土地での生活は心楽しいものでした。ここ富士見町は私が子供時代を過ごした場所でもあります。自然の厳しさに向きあう暮らしは、また自然に身を委ねる暮らしでもあります。春には春の、夏には夏の、秋には秋の、冬には冬の自然の中に身を置いた時、結局私という生身の人間は、自然の中の小さな命の一つだ、という単純な事実が核のように心の中に生まれます。

句集名『湛ふるもの』は、宮坂静生主宰の示してくださった幾つかの中から選びました。原句は「枯山の湛ふるものを身の内に」であり、あらゆるものを包み込み、時に飲み込む大きなものの中に生きる思いをこめました。

この歳月、主宰の背をはるかに眺めながら、たくさんのお教えを受けてきました。亀のような私の歩みを温かく見守り、時に引っ張ってくださいました。心から感謝申し上げます。

また、小林貴子編集長には多くのアドバイスを頂き、校正をお願い致しました。厚くお礼申し上げます。そしていつも温かく、楽しく接してくださる句友の皆様（泉下の方々も含め）、本当にありがとうございます。

最後になりましたが、朔出版の鈴木忍様はじめ、お世話になりました皆様に心より感謝申し上げます。

令和二年六月

五味真穂

著者略歴

五味真穂（ごみ　まほ）　本名　一枝

昭和 29 年　長野県岡谷市生まれ

昭和 52 年　信州大学人文学部卒業

昭和 63 年　「岳」俳句会入会

平成 24 年　第十二回ケルン賞受賞

同　第四回青胡桃賞受賞

平成 26 年　第五回青胡桃賞受賞

現在　「岳」同人、編集部員　現代俳句協会会員

現住所　〒 399-0213　長野県諏訪郡富士見町乙事 5757

句集　湛《たた》ふるもの

2020年10月20日　初版発行

著　者　　五味真穂

発行者　　鈴木　忍

発行所　　株式会社 朔《さく》出版
郵便番号173-0021
東京都板橋区弥生町49-12-501
電話　03-5926-4386
振替　00140-0-673315
https://www.saku-shuppan.com/
E-mail　info@saku-pub.com

印刷製本　モリモト印刷株式会社

ISBN978-4-908978-52-4　C0092